PARMENTIER

Wie kam der Apotheker zur Kartoffel?

Jacqueline Fedy
gezeichnet von Régis Noël

Renate Götz Verlag

2025 © Renate Götz Verlag
A-2731 Dörfles, Römerweg 6
info@rgverlag.com
rgverlag.com

Text: Jacqueline Fedy

Illustrationen: Régis Noël
www.regisnoel.de

Lektorat: Ursula Rathensteiner
www.text-taenzerin.com

Foto Autorin: Elise Hofner
Foto Illustrator: privat
Coverbild: Régis Noël
Covergestaltung: Melanie Rudolph

Gesamte Grafik-& Layoutgestaltung: Melanie Rudolph
Produktion: FINIDR, s.r.o., Český Těšín, Tschechische Republik . finidr.de

MIX
Papier | Förder
gute Waldnutzur
FSC® C0141

1. Auflage

ISBN 978-399150-028-5

Für

Nil, Eno und Fin – meine erste Inspirationsquelle

Samuel – mein Sohn und schärfster
Kritiker und Unterstützer

Lionel und Alva – meine zukünftigen Leser

Danke an Franziska und Gerhild für das wertvolle
Feedback zu meinen Geschichten

Kapitel I

Wie kam Parmentier zur Kartoffel?

„Oma, erzählst du uns eine Geschichte?"

„Eine wahre Geschichte", sagt das älteste Enkelkind.

„Aber mit vielen Monstern", sagt das Zweite.

„Und nicht zu gruselig, sonst fürchten wir uns", sagt der Kleinste.

„Gut, dann erzähle ich euch die Geschichte von Monsieur Parmentier. Es ist im Kern eine wahre Geschichte, aber mit ein paar Monstern, die dazugekommen sind, so zum Spaß. Und ein bisschen gruselig, aber nicht zu sehr ..."

Parmentier war Militärapotheker in der französischen Armee in der Zeit von Ludwig XVI., dem König von Frankreich. Damals kämpften die Franzosen gegen die Preußen und verloren leider oft. Dieser Krieg hat sieben lange Jahre gedauert, deshalb hat man ihn den Siebenjährigen Krieg genannt. Und Parmentier musste als Apotheker auch mitziehen. Überall, wo die Armee war, war er auch und versorgte die verletzten und kranken Soldaten. Und einmal geriet er mit seiner Truppe in einen Hinterhalt. Die Preußen attackierten plötzlich von der Seite. Aus dem Nichts kamen hunderte, tausende deutsche Soldaten, und die Franzosen wollten einfach nur nachhause. Sie waren nicht auf ein Gefecht vorbereitet. Viele hatten schon ihre Waffen entladen und geputzt für die nächste Parade, einige hatten schon viel Rotwein getrunken, alle waren müde und missgelaunt.

Also, alle, die konnten, waren geflüchtet, einige Dummköpfe hatten sich tapfer erschießen lassen, und die anderen waren gefangengenommen worden.

So auch Parmentier, der Apotheker. Er wurde von zwei deutschen Soldaten gepackt und in ein Gefängnis geworfen. Dort angekommen, sah sich Parmentier in seiner Zelle um: verfaultes Stroh als Bett, ein Klo-Eimer in einer Ecke, ein dreibeiniger Hocker und ein kleines vergittertes Fenster. Am Abend knurrte sein Magen sehr stark, er hatte seit acht Uhr in der Früh nichts gegessen. Und dann ging die Tür auf, und ein Kerkerwächter kam schlurfend herein mit einer Schüssel in der Hand.

„Wo hast du deinen Blechnapf?“, fragte er.
Parmentier, der ein bisschen Deutsch konnte, schaute sich um: An der Wand hing eine verrostete Blechdose. Der Wächter füllte sie mit einem hellgelben Brei.

„Was ist das?“, fragte Parmentier.

„Kartoffelbrei, der Herr!“, antwortete der Wächter mit einem dreckigen Lachen.

„Um Gottes Willen“, dachte Parmentier, „das ist reines Gift!“
In diesem Moment kam aus einer dunklen Ecke der Zelle eine Gestalt, klein und bucklig, mit einem langen verfilzten Bart. Der Mann trug auch einen Blechnapf in der Hand und fragte den Wächter mit kreischender Stimme:

„Und für mich?“

„Ach, dich gibt es noch?“, sagte der Wächter, missmutig. „Da hast du!“ Er füllte die Blechdose bis zum Rand.
Der Wächter ging und Parmentier beobachte, wie der Bucklige ganz hungrig seine Portion verschlang.
Als dieser fertig war, schaute er auf Parmentier, ganz verlegen.

„Isst du nicht?“

„Es ist mir bekannt, dass die Kartoffel eine giftige Knolle ist. Viele französische Wissenschaftler haben geschrieben, dass Kartoffeln für Menschen ungenießbar sind, Blähungen und Verstopfungen sowie Blutvergiftungen verursachen, manche behaupten sogar, dass sie Lepra verbreiten ...“

„Mm, dann gib es mir“, sagte der bärtige Bucklige. Und als er merkte, dass Parmentier zögerte, ihm den Blechnapf zu überreichen, fügte er hinzu:

„Mir macht es nichts, ich bin schon daran gewöhnt seit sieben Jahren im Gefängnis.“ Und lächelte Parmentier mit seinem zahnlosen Mund entgegen.

Parmentier gab ihm nach kurzer Überlegung seinen Teller weiter, behielt aber ein wenig Brei bei sich in einer kleinen Büchse, die er durchgeschmuggelt hatte, als ihn die Soldaten filzten. Er schlief schlecht diese Nacht, von Hunger und Horrorträumen gequält. Unter der Tür seiner Zelle kam langsam Kartoffelbrei hereingeflossen. Der Brei stieg höher und höher in dem kleinen Raum und Parmentier erwachte, schweißgebadet, in dem Moment, wo der Brei in seinen offenen Mund zu fließen begann. Und er merkte: Er war nicht allein. Der Bucklige schlief und schnarchte laut, aber eine kleine Maus war wach und beobachtete ihn mit ihren stechenden Augen. „Hast du auch Hunger, Kleine?“, fragte Parmentier und gab der Maus den Rest Kartoffelbrei. Sie bedankte sich und aß gemütlich die Büchse leer.

Nachdem Parmentier ein paar Tage gehungert und die Maus und den Buckligen weiter mit Kartoffelbrei gefüttert hatte, entschied er sich, diese komische Nahrung auch selbst zu kosten. Er bekam sowieso nichts anderes und bevor er vor Hunger starb, wollte er den Kartoffeltod versuchen. Und es passierte ... nichts! Im Gegenteil, er kam nach und nach wieder zu Kräften, und

nachdem er den Brei mit Salz, Pfeffer und Herbes de Provence (als Apotheker trug er immer einige bei sich) nachgewürzt hatte, schmeckte er ihm sogar gut.
Mit zunehmenden Kräften bekam Parmentier auch den Mut, an eine Flucht zu denken. Er konnte sowieso nicht unbeschäftigt bleiben. Nachdem er dem Gefängnisdirektor erklärt hatte, dass er Apotheker war, bekam er die Möglichkeit, ab und zu aus seiner Zelle zu kommen und Soldaten mit Medikamenten zu versorgen oder sogar in Gefängnisgarten und Küche zu arbeiten. Dort traf er auf Alfons, den Koch und Gärtner der Anstalt. Er war ein rundlicher Mann mit einer roten Knollennase und Segelohren, der ununterbrochen in Bewegung war. Er zeigte Parmentier sein Kartoffelfeld und erzählte, dass es sogar einen Befehl vom Preußenkönig Friedrich dem Großen (von vielen „Der Alte Fritz" genannt) gab, Kartoffeln anzubauen und sich davon zu ernähren. Der berühmte „Kartoffelbefehl" hatte bewirkt, dass die Knolle im ganzen Preußenland immer beliebter wurde, obwohl sie in Frankreich immer noch als giftig galt. Parmentier ließ sich auch zeigen, wie man die Kartoffeln kochte, und steuerte ein paar Ideen bei, wie man den Brei verbessern könnte. Er war schließlich nicht nur Apotheker, sondern auch ein begnadeter Koch!
Und er beobachtete auch, wie die Kartoffeln in das Gefängnis herein und aus dem Gefängnis hinaus transportiert wurden.
Er beschloss, mit den Kartoffeln zu reisen. Eines Abends verabschiedete er sich früher von Alfons, und anstatt in seine Zelle

zurückzukehren (er kam meistens unbegleitet hinein und heraus), ging er in den Stall, wo ein großer Kartoffeltransport wartete. Er versteckte sich unter dem Kartoffelhaufen und wartete, bis der Transport losging. Er hatte vorher Alfons mit dem Kutscher sprechen hören und wusste, dass er sich in der Dämmerung auf den Weg machen wollte. Eingequetscht zwischen den Kartoffeln hatte er Schwierigkeiten zu atmen und langsam fragte er sich, ob er nicht sogar Halluzinationen hatte. Er hörte die Kartoffeln quietschen ... oder was war das? Die Maus war da! Sie hatte sich auch für die Freiheit entschieden und bald verließen Parmentier und die Maus das Gefängnis durch das große Tor, begrüßt von den Soldaten, die nur einen Kartoffelhaufen auf einer Karre zu sehen glaubten.

Nach einigen Stunden Fahrt, die Parmentier, eingeklemmt unter seinen Kartoffeln, wie eine Ewigkeit vorkamen, stoppte der Wagen abrupt.

Parmentier bewegte seinen Kopf langsam aus dem Haufen heraus und spähte in die Umgebung: Sie waren bei einem Gasthaus angekommen, es war schon sehr dunkel. Der Kutscher wollte wahrscheinlich hier übernachten. Parmentier wollte sich ganz aus den Kartoffeln befreien, als er plötzlich Fluchen und Schritte hörte, die sich gefährlich näherten. Er schob schnell seinen Kopf wieder unter die Kartoffeln, vergaß aber seinen Hut dabei, der noch hoch auf dem Haufen prangte. „Verflixt und zugenäht, was macht dieser Hut auf meiner Ladung?“, schimpfte der Kutscher.

„Warte mal, Freundchen, wenn du dich da versteckst, wirst du mein Blei kennenlernen. Raus hier oder ich schieße!"
Parmentier hörte, wie der Kutscher seine Waffe lud und noch einen Schritt näher kam. Er glaubte schon, seine letzte Stunde hätte geschlagen, als plötzlich ohne sein Zutun der Hut anfing, sich zu bewegen. Der Hut ging einfach von seinem Kopf weg und spazierte auf den Kartoffeln voran, bis er schließlich umkippte und zu Boden fiel. Parmentier spürte das tiefe Schweigen des Kutschers und konnte sich vorstellen, wie er mit offenem Mund und erhobener Waffe dastand, bis er die Schuldige erkannte: Da war die kleine Maus, die ganz zufrieden den Kutscher mit ihren Knopfaugen anschaute.

„Na, sowas! Ich hätte fast meine Munition für so ein Ungeziefer vergeudet!"
Der Kutscher nahm den Hut vom Boden und setzte ihn sich auf den Kopf. Schöner Hut, ein bisschen zu klein, aber was soll's!
Parmentier verließ später sein Versteck mit einem weinenden und einem lachenden Auge. Er hatte einen Hut verloren, aber seine Freiheit wieder! Und noch dazu eine neue Freundin. Er bedankte sich bei der kleinen Maus und fragte, ob sie mit ihm nach Hause wollte. Er würde für sie sorgen und sie könnte immer bei ihm in der Apotheke bleiben! Aber die Maus hatte andere Pläne und verabschiedete sich von Parmentier. Vielleicht sahen sie sich ja später in Paris wieder. Sie hatte dort einen Bekannten namens Remy, einen berühmten Koch ...

Kapitel II

Wie Parmentier die Kartoffel „entdeckte“

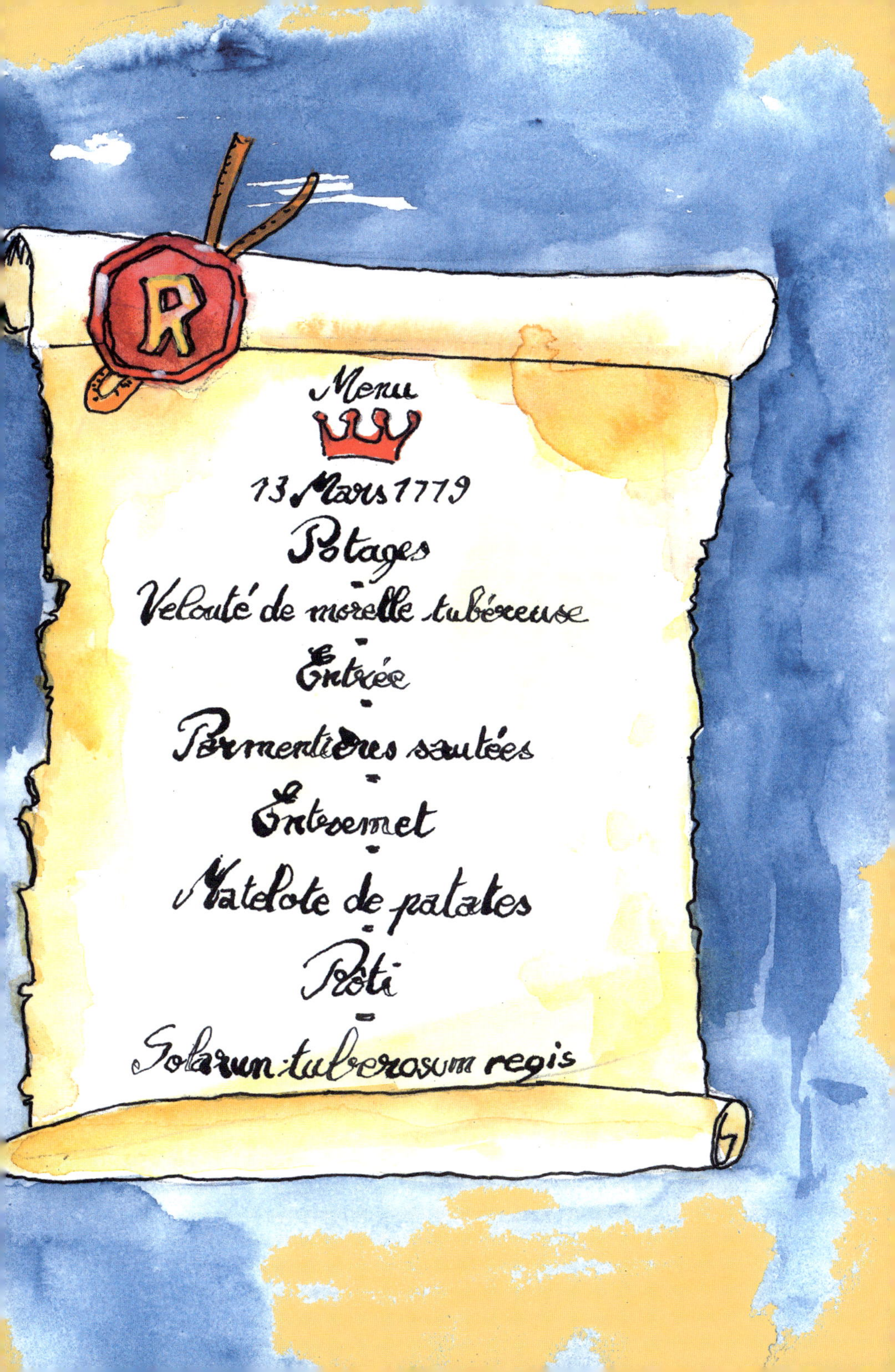

R
Menu
13 Mars 1779
Potages
Velouté de morelle tubéreuse
Entrée
Parmentières sautées
Entremet
Matelote de patates
Rôti
Solanum tuberosum regis

Zurück in Paris, war Parmentier von der Kartoffel besessen: Was ihn schon immer besonders beschäftigt hatte, war die Ernährung des Volkes. Er wollte etwas machen, damit die Leute sich besser ernährten. Damals hatten die Menschen nicht so viel zu essen wie wir: Wenn eine Ernte schlecht war, mussten die Armen hungern. Besonders Getreide war damals ein wichtiges Nahrungsmittel, denn daraus machten die Leute Brot und Brot war die Grundnahrung aller Armen. Und Parmentier machte sich Gedanken, was die Leute essen sollten, wenn die ganze Weizenernte kaputt war und kein Brot mehr gebacken werden konnte. Jetzt hatte er die Lösung: Kartoffeln!

Um sein Wissen zu festigen, untersuchte Parmentier die Chemie der Kartoffel, machte viele Experimente damit und probierte verschiedene Rezepte aus. Er war jetzt überzeugt, dass diese Wunderknolle der beste Weg zur Bewältigung der Hungersnot war. Er fing an, Berichte darüber zu schreiben und sie an alle Lehranstalten und sogar an den König zu schicken. Er bekam sogar einen Preis von der Akademie zu Besançon dafür. Und der König selbst war auch interessiert. Aber die einfachen Leute waren weiter misstrauisch und trauten sich nicht, Kartoffeln zu pflanzen, geschweige denn zu essen.

Es gab auch einige alte Wissenschaftler, die bis jetzt alle wichtigen Auszeichnungen abgeräumt hatten und als die Besten im Bereich der Ernährung galten, denen Parmentier ein Dorn im Auge war. Der Giftigste davon hatte immer gegen die Kartoffeln gepredigt und ein Buch geschrieben, in dem alle gefährlichen Eigenschaften der Kartoffeln peinlich aufgelistet waren: Wer es wagte, Kartoffeln zu essen, würde andauernden Durchfall, Nasenbluten, Kaskadenfurze, Lepra, Milben und Bandwürmer bekommen und sogar den Tod durch Verstopfung erleiden. Sein Name war Alfonso Malfonso. Er hatte einige Doktor- und Professorentitel mit seinen Arbeiten gesammelt, sodass er sich Professor, Doktor, Doktor und noch einmal Doktor, Direktor und Proktor Alfonso Malfonso nennen ließ.

Was natürlich für den Schriftverkehr schwierig war, weil alle seine Namen und Titel auf einem Briefumschlag nicht genug Platz hatten, um völlig korrekt geschrieben zu werden, was jedes Mal Alfonsos Zorn entfachte.

Malfonso hatte Angst, dass Parmentier seinen Ruf als Ernährungsspezialist im Königreich Frankreich mit seinen Berichten zugrunde richten könnte. Parmentier war kein Doktor und es war ihm völlig egal, er wollte auch keinen Doktortitel. Er wollte nur, dass die armen Leute etwas zu essen bekommen sollten.

Und als Parmentier sah, dass die Leute so misstrauisch waren und die Kartoffeln, die er verteilt hatte, an die Schweine verfütterten, kam er auf eine ganz schlaue Idee.

Mitten in Paris, auf der Sablons-Heide, baute er auf einem riesigen Feld Kartoffeln an, ließ eine hohe Mauer darum errichten und von Soldaten bewachen. Da wurden die Leute neugierig und fragten sich, welcher Schatz da wohl begraben war, der so viele Schutzmaßnahmen erforderte ...

Die Soldaten aber hatten den Befehl, nicht so genau aufzupassen und die Leute hineinzulassen. Einige spielten Karten und schauten woandershin, als die Leute sich an ihnen vorbeischlichen, andere schliefen oder bohrten einfach in der Nase. Einige halfen sogar den Räubern beim Klettern über die Mauer oder gaben ihnen Säcke, um die gestohlenen Kartoffeln zu transportieren.

Nach ein paar Monaten aßen alle Leute die „teuren“ Kartoffeln, und die armen Schweine bekamen sie nicht mehr. Und Parmentier freute sich riesig, da das Volk jetzt endlich eine neue Nahrungsquelle gefunden hatte, in einer Zeit, in der oft Hungersnot herrschte. Jetzt, dank der Kartoffeln (und dank Parmentier!) hatten die Leute immer etwas zu essen, das leicht anzubauen und sehr nahrhaft war!

„Das ist die wahre Geschichte von Parmentier“, sagte die Großmutter und schloss das Buch.

„Und hat er gefurzt?“, fragt der Kleinste, ein frecher Bengel mit blauen Augen.

„Nein, da nicht, aber ein anderes Mal, und das war ihm sehr peinlich. Das geschah bei einem ganz offiziellen Bankett, zu dem Parmentier wichtige Leute eingeladen hatte, um sie mit allen möglichen Kartoffel-Menüs zu verköstigen. Unter den Gästen waren Fürsten vom französischen Hof und berühmte französische Wissenschaftler und sogar ein Gast aus Amerika: Benjamin Franklin! Unser Held hatte da ausgewählte Kartoffelgerichte serviert.

Und da, mitten im Festessen, hat Parmentier gefurzt! Es war nicht ganz seine Schuld, sein Koch hatte rohe Zwiebeln in das Gratin hineingetan. Also musste Parmentier plötzlich Gas ablassen, ohne sich zurückhalten zu können. Danach herrschte peinliches Schweigen. Der Gast aus Amerika schien böse zu schauen, aber plötzlich wurde sein Gesicht ganz rot, und auch er fing an zu furzen und brach in herzhaftes Lachen aus. Und dann fingen alle Gäste zu furzen und zu lachen an, und es war bald eine richtige Furz- und Lachorgie mitten im Festessen!

Danach mussten sie noch lüften, bevor man zu Kartoffelkäse und Kartoffeleis und Kartoffelpalatschinken weitergehen konnte. Danach rauchten sie eine gute Pfeife mit Kartoffel-Tabak und tranken Kartoffelschnaps, und alle waren bester Stimmung.

Einige Gäste hatten sogar vorgeschlagen, das berühmte Gratin „Parmentierfurz-Gratin" zu nennen. Mit der Zeit ist aber nur der Name „Gratin Parmentier" geblieben, das Köche ausschließlich mit gegrillten Zwiebeln zubereiten durften." „Oma, erzählst du uns noch eine Parmentier-Geschichte?", fragte erneut der Kleine mit den frechen blauen Augen.

„Also ich habe euch schon die ganze Geschichte erzählt, wer Parmentier war und was er für die Menschheit getan hat ..."

„Aber, aber er hat sicher noch viel mehr Abenteuer gehabt!"

„Wie die anderen Helden. Wie Batman, Superman und Spiderman!"

„Und ein Kind hat er auch gehabt!"

„Ja, eine Tochter!"

„Hm …", gab die Großmutter nach, „da könnte man natürlich nachhelfen. Wer weiß, ob alles über Parmentier schon in den Geschichtsbüchern steht …"

Und so kam es zum nächsten Kapitel:

Kapitel III

Wie Parmentier eine Tochter bekam

Parmentier war ein durch und durch überzeugter Junggeselle. Er hatte so viel Arbeit, dass er keine Zeit hatte, sich eine Frau zu suchen. Außerdem war er schüchtern oder genauer gesagt „reserviert" im Umgang mit Menschen. Er konnte in einer Gesellschaft reden und lockere Gespräche führen, aber er war unbegabt darin, seine Gefühle zu zeigen. Er lebte zu dieser Zeit in einem Kloster, der König hatte ihm eine Stelle als Apotheker im „Hotel des Invalides" verschafft. Dort hatte er ein kleines Zimmer, spartanisch eingerichtet wie die Zelle eines Mönches. Aber er war glücklich, weil er über ein großes Arbeitszimmer verfügte, nur durch eine Tür vom Schlafzimmer getrennt.

Er verbrachte den ganzen Tag in seinem Arbeitszimmer. Er verfasste Berichte über Kartoffelbrot und Kartoffelmehl, aber auch, wie man Zucker aus Weintrauben gewinnen könnte, damit man Zucker haben konnte, wenn die Zuckerrübenernte nicht so gut war. Er las auch viel, er hatte eine riesige Bibliothek, eine ganze Wand bis zur Decke voll mit Büchern. Und natürlich machte er auch gerne Experimente in seinem kleinen Labor. Da hatte er allerhand Geräte: Retorte, Ausgießer, Trichter, Mörser, Glaskolben, Spatel, Waagen, Destillationsapparate und natürlich auch Pflanzenextrakte, andere Heilmittel und Gifte in weißen Porzellangefäßen, sorgsam beschriftet in blauer Schrift.

Dort war er damit beschäftigt, ein besonders schwieriges Experiment durchzuführen, als er ein ungewöhnliches Geräusch hörte.

„Sacrebleu!", sagte er, als er sich bei der Anzahl der Tropfen einer ätzenden rosa Flüssigkeit verzählte.

„Ein Tropfen zu viel und es wird explodieren."

Er machte einen Schritt zurück und wartete auf die Explosion. Aber stattessen kam eine Explosion durch sein Fenster. Eine kleine rote Bombe kugelte herein und blieb reglos auf dem Parkettboden liegen.

„Was ist denn das?" Parmentier tat einen Schritt in die Richtung, wo das rote Bündel gelandet war, und dann, peng, kam die chemische Explosion – mit Verspätung. Hinter all dem daraus resultierenden Rauch entdeckte Parmentier verblüfft, dass es sich um ein kleines Mädchen handelte.

Die kleine rote Kugel entrollte sich, rieb sich die Augen und hustete lauthals. Sie schien nicht einmal erschrocken zu sein, sondern eher schlecht gelaunt.

„Versteck mich!"

Parmentier konnte seinen Ohren und Augen nicht glauben! Erst platzte sie in sein Leben herein und stellte dann sofort Forderungen?

„Wer bist du?"

„Ich bin Gertrude und du?"

„Ich bin Antoine-Augustin Parmentier."

„Das ist ein lustiger Name." Gertrude lachte und warf einen Blick durch das zerbrochene Fenster.

„Sie sind hinter mir her, du musst mich verstecken."

„Wer ist hinter dir her?"

„Die Nonnen, wer sonst?"

Gertrudes Gesicht verfinsterte sich.

„Wenn sie mich schnappen, sperren sie mich eine ganze Woche in den Kerker bei Brot und Wasser."

Parmentier schaute das kleine Mädchen an, das jetzt kerzengerade vor ihm stand. Es war eher klein und gertenschlank und seine rote Mähne war noch mehr durcheinander nach der Explosion.

„Die Nonnen sind so schlimm?", fragte er unsicher.

Er wohnte zwar schon lange im Kloster, hatte aber so wenig wie möglich mit den Nonnen zu tun. Und das war auch gut so, dachte er.

„Die Nonnen sind mehr als schlimm. Sie sind blöd und ungerecht und stinken auch noch."

Plötzlich polterte es an der Tür.

„Was ist los?", fragte Parmentier.

Er war froh, dass er abgeschlossen hatte, sonst wäre sicher die Oberin ohne zu klopfen hereingeplatzt.

„Wir suchen eine renitente kleine Schülerin, die aus unserem Waisenhaus abgehauen ist. Haben Sie sie zufällig gesehen?"

Parmentier zögerte einen Augenblick. Er schaute Gertrude an, die jetzt nicht mehr so selbstsicher erschien und ihre wirren Locken schüttelte, was so viel bedeutete wie „Nein, auf keinen Fall".

„Nein, habe ich nicht. Ich bin beschäftigt."

„Aber was war das für ein Lärm? Ist Ihr Fenster kaputt? Wir haben Glas klirren gehört!"

Parmentier hörte im Hintergrund Schwester Benedikta flüstern: „Ich habe eine Kinderstimme gehört!"

Er verstand, dass die Nonnen nicht so leicht lockerlassen würden.

„Also, wenn Sie sich selbst versichern wollen ..."

Bevor er die Tür öffnete, warf er noch ein paar Tropfen einer Flüssigkeit in den großen Kessel, sodass sich noch mehr roter Rauch entwickelte.

Er bedeutete Gertrude, sich in einer großen Truhe zu verstecken, und öffnete die Tür. Der Nonnenansturm blieb aus. Wahrscheinlich erinnerte sie dieses Spektakel des roten Rauchs zu sehr an die Hölle.

Alle blieben an der Türschwelle stehen, und die Mutter Oberin erkundigte sich nach dem Fensterbruch. Parmentier konnte diesen ohne Schwierigkeit der Explosion nach seinem missglückten Experiment zuordnen.

„Na, aber Herr Magister, bitte informieren Sie uns, falls ein kleines Mädchen mit roten Haaren und schmutzigem Gesicht bei Ihnen auftaucht."

„Selbstverständlich", erwiderte Parmentier erleichtert.

Er schloss ab und lehnte sich mit dem Rücken an die Tür. Ein bisschen mulmig beobachtete er, wie Gertrude mit einer sehr zufriedenen Miene langsam aus ihrem Versteck kroch.

„Hast du auch etwas zu essen?"

Natürlich hatte Parmentier immer ein paar Kartoffeln parat.

Er kochte für sie einen köstlichen Kartoffelbrei mit Milch und Butter. Als sie fertig gegessen hatte, fragte sie unerschrocken nach dem Dessert.

„Was meinst du mit Dessert?"

„Na einen Kuchen oder ein Eis! Hast du ein Eis?"

„Nein, ich habe kein Eis."

Gertrudes Gesicht verfinsterte sich und dicke schwarze Wolken zogen durch ihre blauen Augen. Verblüfft beobachtete Parmentier, wie das kleine Mädchen zu weinen anfing. Aber weil er keine Erfahrung mit Kindern hatte, merkte er nicht einmal, dass Gertrudes Tränen jetzt mehr aus Zorn als aus Kummer aus ihren Augen spritzten.

„Aber ich will ein Eis!"

„Beruhige dich, ich mache dir schon ein Eis. Aber es wird ein bisschen dauern, bis es fertig ist!"

Als guter Chemiker und Koch zauberte Parmentier aus Milch, Zucker, Sahne, Vanille und Zimt und – natürlich auch aus Kartoffeln – eine wunderbare Mischung, die nach ein paar Stunden im Eiskeller ein herrliches Eis wurde.

Während das Eis sich festigte, hatte Gertrude alle Bücher in der Bibliothek heruntergeschmissen, um festzustellen, dass es nichts für Kinder gab. Dann hatte sie alle Phiolen und Gefäße im Labor erkundet, daran gerochen und die bunten Flüssigkeiten verschüttet, was noch lustiger war als lesen. Parmentier war ihr immer gefolgt, bemüht, den Schaden in Grenzen zu halten. In seiner Verzweiflung war er sogar kurz in Versuchung, die Nonnen zu rufen und Gertrude auszuliefern, aber sein Gewissen verbot es ihm. Er sah das arme Kind schon von vier Nonnen hinausgezerrt unter dem strengen und zufriedenen Blick der Oberin. Nein, das kam nicht in Frage!

Später, als Gertrude mit Begeisterung ihr Eis aß, fühlte er sich in seiner inneren Entscheidung bestätigt. Er würde diese Kleine immer besser verstehen und sie zufriedenstellen können, auch wenn ihr Appetit kaum zu bezwingen war.

„Gibt es noch was?"

Am nächsten Tag ging Parmentier zur Mutter Oberin.

Er hatte schlecht geschlafen, weil er sein eigenes Bett Gertrude überlassen und selbst auf einer harten Holzbank in der Werkstatt übernachtet hatte.

Er fühlte sich erschöpft, aber glücklich.

„Herein!", ertönte die Grabesstimme der Oberin. „Setzen Sie sich, Herr Magister."

„Nein danke, ich bleibe lieber stehen", erwiderte Parmentier und schaute auf die kleinen dicken Nonnen von oben herab.

„Mutter Oberin, ich habe Ihr verlorenes Mädchen gefunden."

„Ah."

„Ja, sie ist bei mir aufgetaucht."

„Gut, dann holen wir sie sofort", sagte die Oberin und erhob sich.

„Nein! Sie bleibt bei mir."

„Wie? Aber das geht nicht! Sie ist uns in unser Waisenhaus zugewiesen worden. Wir sind verantwortlich."

„Ist sie Waise?"

„Ja, sie war bis jetzt bei ihrer Großmutter, aber die ist schon zu alt und kann sich nicht mehr um sie kümmern. Außerdem ist sie eine schwierige Person, eine alte Hexe, und es ist gut, dass die Kleine zu uns kommt. Wir werden aus ihr eine ordentliche Nonne machen."

Parmentier spürte einen kalten Schauer zwischen den Schulterblättern bei diesem Gedanken.

„Und wie ist es, wenn ich sie adoptiere?"

Und so bekam Parmentier eine Tochter.

Es ist der Beginn einer langen, spannenden und lustigen Geschichte, der Geschichte von Parmentier und seiner Tochter Gertrude.

Kapitel IV

Professor, Doktor, Doktor, Proktor Alfonso Malfonso und der tödliche Kartoffelfluch

Poison.

Gertrude konnte nicht schlafen und wälzte sich in ihrem Bett hin und her. „Links schlafe ich nicht, rechts bin ich wach, auf dem Rücken starre ich an die Decke und auf dem Bauch ersticke ich", dachte sie.

Also stand sie auf und ging schnurstracks zu Parmentier. Er saß am Schreibtisch und starrte auf ein weißes Blatt Papier, das auf dem Tisch lag.

Gertrude wusste, dass ihr Vater wenig schlief und in der Nacht stundenlang schrieb und Bücher studierte. Er verfasste meistens praktische Ratgeber über Hygiene und Ernährung, um zum Beispiel Hausfrauen zu unterrichten, wie sie Obst und Gemüse für den Winter einkochen sollten. Oder er entwickelte neue Kartoffel-Rezepte. Gertrude hoffte insgeheim, dass sie dem Schicksal der Vorrat kochenden Hausfrau entfliehen würde und lange, lange frei, unbekümmert mit schmutzigen Füßen und ungekämmter Mähne weiterleben könnte. Aber heute schrieb Parmentier nicht. Sein Blick fixierte einen Brief auf dem Schreibtisch. Tiefe Sorgenfalten trübten sein sanftes, friedliches Gesicht.

„Was ist los, Papa?", fragte Gertrude.

Gertrude gefiel es sehr, Parmentier „Papa" zu nennen, obwohl er nicht ihr leiblicher Vater war. Ob es Parmentier gefiel oder ob es ihn verlegen machte, war nicht rauszukriegen. Aber nachdem Gertrude gedroht hatte, ihn „Paparmentier" zu nennen, falls sie nicht Papa sagen dürfte, gab sich Papa geschlagen.

Jetzt schien Paparmentier tief in seinen Gedanken versunken und reagierte nicht. Gertrude griff zum Schriftstück, aber Parmentier stoppte rasch ihre Bewegung.

„Lass mich sehen!“, protestierte sie.

Dank der Hilfe ihres Vaters hatte Gertrude schnell ihren Lernrückstand aufgeholt und konnte fließend lesen. Aber dieses Blatt, das sie Parmentier schlussendlich entrissen hatte, war schwer zu entziffern. Die Schrift schien ihr unangenehm giftig mit diesen spitzen und gedrungenen Buchstaben.

„Wer hat das geschrieben?“

„Das ist von Alfonso Malfonso.“ Parmentier seufzte.

„Ach ja, das ist der buckelige Giftzwerg, der dich vor einer Woche besucht hat.“

„Ja, giftig ist er allerdings. Er wollte mir eine Zusammenarbeit vorschlagen, nachdem er eingesehen hatte, dass ich mit meinen Kartoffeln erfolgreich war.

Aber ich habe höflich abgesagt, weil ich seine Methoden nicht mag. Er lebt mehr von Intrigen und Schmeichelei als von seiner wissenschaftlichen Arbeit.“

Gertrude sagte: „Du hast ihn auch zu diesem Festessen am Hof von König Ludwig XVI. eingeladen, bei dem es nur Kartoffelgerichte gab.“

„Ja“, antwortete Parmentier, „und er hat die ganze Zeit nur gemeckert, das Essen kritisiert, die Gewürze, die Präsentation ... und am Schluss hat er behauptet, dass er davon krank geworden ist. Zum Glück hat ihn niemand beachtet. Benjamin Franklin hat zwei volle Portionen von jedem Gang genommen und am Schluss noch drei Gläser Kartoffelschnaps für die Verdauung. Und er war voller Lob für die Kartoffel. Auf ihn haben die Hofleute gehört, auf Malfonso nicht!"

Gertrude meinte: „Zum Glück."

Darauf bemerkte Parmentier: „Aber jetzt schlägt er zurück!", und wies auf das giftige Blatt.

Gertrude versuchte erneut, die furchtbare Schrift zu entziffern. „Einige besorgte Bürger der Stadt Paris sind an mich herangetreten und haben mir ihre Sorgen mitgeteilt. Es kursiert das Gerücht, dass sich seit der Einführung der Kartoffel in die Volksernährung durch Herrn Parmentier eine mysteriöse Krankheit unter der Bevölkerung breitmacht. Diese bizarre Knolle namens Erdäpfel, Kartoffel, Patata, pomme de terre, um nur einige dafür zu nennen, ist ein Produkt aus dem fernen Amerika und gar nicht für unser Land geeignet. Doch Herr Parmentier hat alle Warnungen von erfahrenen Wissenschaftlern ignoriert und fahrlässig diese giftige Knolle durchgedrückt. Seither machen sich nach dem Verzehr von dieser abartigen Knolle folgende Symptome unter der Bevölkerung breit: Bauchweh, Durchfall, Müdigkeit, Kopfweh, Blähungen. Manche Fälle von Blutvergiftung sowie Epilepsie werden auch erwähnt, man spricht sogar von Todesfällen."

„So ein Blödsinn!", kommentierte Gertrude. „Wer liest schon diesen Brief? Die Leute werden das nie glauben!"

„Dieser Brief ist an die Akademie der Wissenschaften adressiert. Dort habe ich nicht nur Freunde. Viele sind neidisch auf meinen Erfolg. Und ich habe auch erfahren, dass derzeit viele Handlanger von Malfonso in Paris unterwegs sind, um angeblich Geschädigte zu finden. Wenn du fragst und vielleicht ein bisschen was zahlst, findest du bald Leute, die Bauchweh oder Durchfall haben und irgendwann auch Kartoffeln gegessen haben. Nein, ich sag dir, es ist ein richtiger Kampf gegen mich!"

„Was machen wir denn da?", fragte Gertrude leicht betrübt.

„Keine Ahnung." Parmentier wirkte so besorgt, dass Gertrude sich ein Herz nahm, ihm Mut zu machen.

„Wir hängen überall Plakate hin, auf denen wir die Wahrheit sagen", sagte sie resolut.

„Das wird uns nicht helfen." Parmentier seufzte. „Die Leute sind geneigt, immer das Schlimmste zu glauben, und sehen seriöse Informationen als feige Verteidigung."

Inzwischen hatte Gertrude Parmentiers Feder genommen und einen hässlichen Zwerg mit roten Zähnen und schiefen Augen gezeichnet. Er hielt eine große Kartoffel in seinen Krallen und versuchte, sie zu zerbeißen.

Parmentier quittierte das mit einem müden Lächeln.

„Gut getroffen." Aber dann versank er gleich in Schwermut.

„Und das trifft nur die Armen, die diese wunderbare Kartoffel als Nahrungsmittel dringend brauchen!"

„Verliere nicht den Mut, Papa, ich habe eine Idee“, erwiderte Gertrude kämpferisch. „Wenn wir ihn nicht mit seinen eigenen Mitteln bekämpfen wollen, schlagen wir ihn öffentlich mit den Mitteln der Wissenschaft. Aber vorher möchte ich was wissen: Was hat dieser Malfonso für eine Erfindung gemacht, um seine akademischen Titel zu bekommen?“

„Er hat, glaube ich, einen Magenbitter zusammengebraut. Doktor-Proktor-Malfonso-Elixier.“

„Aha“, warf Gertrude ein und verschwand aus dem Zimmer.

Sie riss die Tür so brüsk auf, dass Schwester Inflammata, die gerade durch das Schlüsselloch spioniert hatte, ins Zimmer kugelte. „Gute Nacht“, warf Gertrude der verwirrten Nonne entgegen und ging die Treppe Richtung Klostergarten hinunter mit einer frechen Melodie auf die Lippen.

Am nächsten Morgen fand Parmentier Gertrude zu seiner großen Überraschung in der Bibliothek. Sie saß am Boden und um sie herum waren dicke Bücher ausgebreitet.

„Was suchst du da?“, fragte Parmentier.

„Ich informiere mich über Magenbitter“, antwortete Gertrude trocken und tauchte in ihrem Kräuterbuch unter.

„Willst du Malfonso Konkurrenz machen?“, fragte Parmentier mit einem Lächeln.

„Ich denke nur, um so ein Gebräu nötig zu haben, sollte man sehr verbittert sein“, antwortete Gertrude.

Die nächsten drei Tage fand Parmentier überall kleine Zettel mit Kräuternamen hängen: Wermutpulver, Angelikawurzel, Enzian, Zitwerwurzel, Myrte, Naturkampfer. Gertrude selbst war selten anzutreffen, da sie ihre Tage in allen denkbaren Pariser Kräutergärten verbrachte. Ab und zu streckte sie ihren zotteligen Kopf durch die Tür und stellte Fragen über Gärung oder eine Tinktur oder ein Elixier. Parmentier suchte in den entsprechenden Büchern in seiner Bibliothek, manchmal musste er wagemutig auf eine Leiter steigen, um ein verstaubtes Buch aus dem letzten Winkel zu holen. Bald war das ganze Arbeitszimmer voll mit Büchertürmen, sodass die Nonnen kaum noch durchkommen konnten, wenn sie das Frühstück ins Zimmer brachten. Als die Türme noch anwuchsen und umzustürzen drohten, stellte Schwester Inflammata das Frühstückstablett vor die Tür und verkündete laut, dass sie keinen Schritt mehr in dieses Chaos gehen werde. Parmentier beobachtete Gertrudes Treiben einerseits mit Stolz, weil seine Tochter so viel Konzentration und Ehrgeiz an den Tag legte, anderseits war er leicht besorgt, was die Ergebnisse dieser Unternehmungen betraf.

Er entdeckte mit einem gewissen Unbehagen einige Eselsohren in seinen teuersten antiken Büchern. Diese Vermerke waren ausgerechnet überall dort, wo eine giftige Substanz zu finden war.

„Was zum Teufel willst du mit diesem Wissen machen?", fragte er endlich.

Und Gertrude erklärte ihren Plan.

An diesem Abend wurde bei Parmentier viel geredet, gelacht und sogar geflucht, und zwar so laut, dass die Nachtnonne zwei Mal zur Ruhe mahnen musste.

Ohne erheblichen Erfolg allerdings ...

Am nächsten Tag verfasste Parmentier einen Brief an die Akademie der Wissenschaften.

Um Gerüchte über mögliche Krankheiten, die angeblich vom Kartoffelverzehr verursacht werden, zu widerlegen, schlagen wir eine nüchterne Strategie unter der Leitung der Akademie vor.

Alle Leute, die Symptome haben, sollen von einer Kommission untersucht werden und eine mögliche Therapie erhalten. Ich, Antoine Parmentier, habe ein Kartoffel-Elixier entwickelt. Als Alternative schlage ich vor, den Magenbitter von meinem verehrten Kollegen Malfonso zu Vergleichszwecken zu verabreichen.

Die Kommission soll nachher über die möglichen Vor- und Nachteile der Kartoffel wie auch der beiden verschiedenen Therapien entscheiden.

Unterschrift: *Antoine Augustin Parmentier*

„Voilà!", sagte Parmentier zufrieden. „Und jetzt abwarten!"

Zwei Wochen später saß Parmentier an einem Tisch in der großen Halle der Akademie und lauschte geduldig der Rede des Präsidenten.

Gertrude war nicht so gefasst und tanzte von einem Bein auf das andere, rollte die Augen und seufzte so laut, dass der Oberhofmeister ihr einen zornigen Blick zuwarf. Sie stand hinter Parmentiers Pult und hatte alle Mühe, ihre Ungeduld zu zähmen.

An einem anderen Pult saß Malfonso. Er hatte seinen ganzen langen Titel vor dem Pult so ausgebreitet, dass die Schrift ihn fast umringte.

„Professor, Doktor, Doktor, Proktor Alfonso Malfonso"

„Was heißt eigentlich Proktor?", hatte Gertrude gefragt. Malfonso hatte sich nicht herabgelassen zu antworten. Aber Gertrude wollte sich nicht damit zufriedengeben und forschte in einem dicken Wörterbuch Parmentiers nach:

„In England ist der Proktor jemand, der von einer Universität ernannt wird, um das gute Benehmen von Studenten zu prüfen." Aber Proktologie in der Medizin beschäftigte sich mit der Erkrankung des Analkanals (also in gängiger Sprache des Arschloches ...)

„Arme Studenten", dachte Gertrude und schloss das dicke Buch mit einem lauten Geräusch.

Inzwischen war der Präsident endlich fertig und die Patienten wurden hereingelassen.

Bei Parmentier wurden sie untersucht, ausführlich befragt und eine Behandlung nach der Diagnose mit geduldiger Erklärung ausgehändigt.

Bei Malfonso lief alles anders: Es herrschte eine Stimmung wie in einer Kneipe mit lautem Gebrüll und deftigem Fluchen. Malfonso und seine Spießgesellen schenkten großzügig Schnaps und Likör aus, egal, was die Patienten erklärten. Die meisten erzählten überhaupt nichts, sondern stürmten herein und verlangten einen Schnaps.

Parmentier bemerkte den ganzen Trubel nicht, weil er konzentriert und geduldig wie immer mit seinen Patienten arbeitete. Gertrude aber war im Gegensatz dazu sehr auf der Hut und fing an, sich Sorgen zu machen. Nach einer Weile mischte sie sich unauffällig unter die Probanden Malfonsos – wen kümmert schon ein kleines Mädchen? – und stellte ganz naiv ein paar Fragen:

„Wie schmeckt dieses Elixier?"

„Darf ich auch einen Schluck haben?"

„Nein, du bist noch ein Kind."

„Wieso nicht?"

„Es ist ein starker Alkohol!"

„Und für Sie ist es aber gut?"

„Was haben Sie für Beschwerden?"

„Gar keine! Malfonso hat uns zum Schnapskosten eingeladen, ha ha ha!", sagte ein vermeintlicher Patient mit zufriedener Miene und roter Nase.

Gertrude rannte erzürnt aus dem Zimmer. „Ach so, du spielst also mit falschen Karten. Ich hatte es sowieso nicht anders erwartet, aber dafür bin ich vorbereitet."

In der Mittagspause konnten alle ihren Hunger bei einem kleinen Buffet stillen und die Behandlungsräume wurden schnell leer. Parmentier blieb aber an seinem Pult. Er hatte keinen Hunger und wollte die Zeit nutzen, um sich Notizen zu machen. Er war so beschäftigt, dass er nicht merkte, dass Gertrude seit längerer Zeit verschwunden war. Sie kam nach der Mittagspause zurück mit der zufriedenen Miene einer Katze, die eine Maus gefangen hatte. Parmentier bemerkte ihr verschmitztes Lächeln, das er so gut kannte, und fing an, sich Sorgen zu machen.

„Gertrude, du hast nicht wieder was angestellt, oder?"

Das Lächeln wurde breiter und eine Spur giftiger.

„Du wirst schon sehen", antwortete sie knapp.

Nachdem die Sprechstunde wieder angefangen hatte, machte sich eine Unruhe in Malfonsos Lager bemerkbar. Etliche Pseudo-Patienten eilten mit bedrückten Gesichtern hinaus. Plötzlich waren überall Würgegeräusche und Blähungsabgänge zu hören, alle drängten sich auf den Toiletten und es gab sogar verzweifelte Leidgeprüfte, die Parmentiers Sprechstunde stürmten. Parmentier diagnostizierte sofort akute Koliken und verschrieb ein Antidurchfallmittel. Die dankbaren Patienten verabschiedeten sich von ihm mit Respekt und empfahlen ihn weiter. Bald waren alle bei Parmentier. Malfonso stand fuchsteufelswild vor seinem Schnapsladen und schrie:

„Was ist denn los, meine Patienten wurden vergiftet!"

„Ja, von deinem Elixier!", schrien einige zurück.

„Nieder mit Malfonso und seinem Schnaps!"

Malfonso suchte seine Rettung in der Flucht und war nicht mehr zu sehen.

Die Juroren entschieden sich ohne Mühe für Parmentier und gaben ihm den goldenen Apothekerpreis in Form einer Medaille, die er so schnell wie möglich in seiner Tasche verschwinden ließ und vergaß. Seine Ehre war gerettet, sein guter Ruf als Apotheker wiederhergestellt und seine Kartoffelknolle wurde hochgepriesen. Er war glücklich.

Als Gertrude und Parmentier am Abend in dessen Zimmer saßen, fragte er:

„Sag, Gertrude, was war mit Malfonsos Elixier? Hast du was beigemischt?"

Gertrude meinte: „Ich sage es nur, wenn du mir versprichst, nicht zu schimpfen."

Parmentier antwortete mit einem gespielt bösen Blick:

„Es kommt darauf an, was du sagst."

„Also, ich habe sehr lang recherchiert ..."

„Ja, habe ich bemerkt", sagte Parmentier und wies auf die Büchertürme, die immer noch in seiner Bibliothek aufragten.

„... um was zu finden, was nicht sehr gefährlich ist, aber eine unangenehme Wirkung hat."

Parmentier fragte nach: „Und zwar?"

Gertrude antwortete: „Eine natürliche Pflanze ... Rizinusöl."

Parmentier prustete los und beide lachten, bis ihnen die Bäuche wehtaten.

Als sie wieder sprechen konnte, bemerkte Gertrude: „Alle Patienten Malfonsos haben furchtbaren Durchfall bekommen, aber nichts weiter! Vielleicht war es sogar gut für diejenigen, die Verstopfung hatten!"

„Und wie hast du das in Malfonsos Elixier hineingemischt?"

„In der Mittagspause waren alle verschwunden. Ich habe eine Pipette von dir benützt und in jede Schnapsflasche zehn Tropfen Rizinusölkonzentrat gegeben. Ich hatte vorher alles berechnet", sagte Gertrude mit zufriedener Miene.

„Eigentlich sollte ich schimpfen, so was macht man nicht, es ist unfair."

Gertrude antwortete empört: „Der Malfonso war der Erste, der unfair war! Er hat keine Patienten behandelt, sondern Kumpel zu einem Schnaps bestellt. Haben sie selber gesagt. Außerdem hat er im Vorfeld unwahre Gerüchte über dich und die Kartoffeln verbreitet."

Der Apotheker holte seine Pfeife heraus und zündete sie an.

„Wo du Recht hast, hast du Recht." Parmentier lächelte.

Kapitel V

Wie Parmentier das Rezept von Moussaka im antiken Griechenland suchte

AKROPOLIS

Parmentier hatte sich nach und nach mit König Ludwig XVI. befreundet. Mit seinen Kartoffelmenüs hatte er die königliche Küche erweitert, und Ludwig („Louis le gros, der dicke Ludwig", wie seine engen Freunde ihn nannten) war eher ein Gourmand (Vielfraß) und kein feiner Gourmet (Feinschmecker). Er liebte Kartoffeln in allen Variationen viel mehr als die exquisiten, feinen Speisen, die ihm sein Chefkoch sonst servierte. Bei Kartoffelgratin und Kartoffelbrei konnte er richtig zuschlagen und sich den Bauch vollstopfen und dann glücklich nach einem Kartoffelschnaps einschlafen. Alles hatte er Parmentier zu verdanken und er empfing ihn deshalb sehr gerne zu jeder Zeit in seinen privaten Gemächern. Außerdem war Ludwig trotz seiner Funktion als König der Franzosen ein einfacher Mann geblieben. Die Adeligen am Hof langweilten ihn zu Tode und er zog sich gerne in seine Werkstatt zurück, wo er an Uhren, Schlössern und anderen mechanischen Geräten bastelte. Dort konnten sich die zwei Männer frei unterhalten. Parmentier erzählte über seine neuen Arbeiten, über Brot und Marmelade, und Ludwig arbeitete und schwieg.

Eines Tages schien Ludwig etwas besorgt.

„Was ist denn los?", fragte Parmentier.

„Ich habe ein Menü-Problem", sagte Ludwig. „Nächste Woche kommt ein griechischer Händler zu mir und ich möchte ihm zu Ehren den Geladenen eine Spezialität aus seiner Heimat anbieten. Ich habe mich schon erkundigt, die beste und bekannteste

Speise wäre „Moussaka". Leider weiß niemand in meinem Küchenteam, wie man es zubereitet. Ich habe schon meine Spione in ganz Paris ausgeschickt und sie sind alle unverrichteter Dinge zurückgekommen ... vielleicht könntest du mir dabei helfen, dieses Rezept zu finden?"

„Ist es mit Kartoffeln?", fragte Parmentier.

„Glaube ich nicht, aber du bist sehr belesen und hast gute Kontakte zu vielen Leuten ..."

Parmentier stimmte dieser Mission zu und bereute es augenblicklich.

Wo zum Teufel konnte er dieses verdammte Rezept finden?

In der folgenden Nacht schlief Parmentier schlecht. Er las den ganzen Abend in seinen alten Manuskripten über Griechen – über Sokrates und Euripides, Platon und Aristophanes, Perikles und Archimedes, aber keine Spur von Moussaka ....

Zum Schluss hatte Gertrude eine Idee: Nachdem ihr Parmentier über seine vergebliche Suche nach dem Rezept erzählt hatte, schlug Gertrude vor, in die griechische Antike zu reisen, um die Weisen dieser Epoche zu fragen.

Gesagt – getan, beide stiegen in die Zeitmaschine von Parmentier und steuerten Griechenland an, anno 399 vor Christus.

Als Erstes landeten Gertrude und Parmentier auf einem sanften Hügel, im Hintergrund ein einsamer (Cybele-)Tempel in einem Olivenhain. Auf dem Hügel war ein riesiges Fass. Aus dem Fass ragten zwei nackte Füße.

„Ziemlich dreckig", sagte Gertrude und zwickte ihre Stupsnase mit einer Hand.

„Tja, du darfst zu diesem Herrn nicht unhöflich sein, er ist einer der berühmtesten Philosophen Griechenlands: Diogenes!", sagte Parmentier.

„Berühmt oder nicht berühmt, er könnte sich schon die Füße waschen, das musste ich auch jeden Tag bei den Nonnen im Internat!"

Dabei standen die beiden vor der Öffnung des Fasses, sodass sie Diogenes in der Sonne standen.

Die dreckigen Füße begannen, sich zu bewegen und langsam aus dem Fass hervorzuschauen, dabei kam auch eine krächzende Stimme aus dem Fass heraus:

„Geht aus meiner Sonne, egal wer ihr seid! Mhm, das habe ich auch Alexander gesagt – ich sollte mein Repertoire bald erneuern! ", ergänzte Diogenes.

„Guten Tag, der Herr!", sagte Parmentier. „Meinen Sie Alexander den Großen?"

„Ja. Ob er groß oder klein war, kann ich mich nicht erinnern, aber dumm war er!

Er hat gesagt, wenn er nicht Alexander wäre, würde er gerne Diogenes sein! Dabei würde ich, auch wenn ich nicht Diogenes wäre, am liebsten Diogenes sein! Das habe ich ihm auch gesagt.

Also ein Einfaltspinsel, wie alle großen Herrscher.

Alle kommen zu mir und wollen alles von mir erfahren ...

Aber was wollt ihr da bei mir?“

„Wir sind von weit gekommen, um Ihnen eine heikle Frage zu stellen“, meinte Parmentier …

„Ja“, sagte Gertrude, „wir wollen wissen, wie man Mouskaka zubereitet.“

„Mouskaka?“

„Nein“, sagte Parmentier, „Moussaka! Es dürfte eines der berühmtesten griechischen Rezepte sein, oder?“

„Na ja, vielleicht, aber bei mir seid ihr an der falschen Adresse. Ich bin ein Zyniker! Ich esse nur Oliven und Brot und manchmal trinke ich Ziegenmilch, wenn ich welche kriege. Habt ihr Ziegenmilch?“

Gertrude war sehr enttäuscht und auch ein bisschen angeekelt von diesem Mann, der in einem Fass lebte, sich selten wusch und so komische Sachen aß …

Aber Parmentier bedankte sich und versprach, Ziegenmilch für ihn zu suchen.

„Ach ja“, sagte Diogenes, als er in sein Fass zurückkroch, „fragt doch mal Sokrates nach der Mouskaka, er dürfte viel herumgekommen sein und hat vielleicht dieses Rezept.“

Und nachdem sie Diogenes seine Ziegenmilch gebracht hatten, machten sie sich auf die Suche nach Sokrates.

Nach einer Weile fanden sie einen Mann, der ihnen das Haus von Sokrates zeigte. „Er dürfte zu Hause sein.“

Als Parmentier klopfte, antwortete Sokrates mit tiefer Stimme:

„Herein, wenn du dich traust!“

„Wieso sollte ich mich nicht trauen“, sagte Gertrude, frech wie immer.

„Du wirst Zeuge meiner letzten Stunde auf dieser Erde sein, mein Kind.“

„Was meint er damit?“, fragte sich Gertrude, als sie merkte, dass Parmentier ziemlich besorgt schaute. Er kannte natürlich die Geschichte von Sokrates, der von einem Gericht verurteilt worden war, ein giftiges Gebräu (Schierling) zu trinken.

Sokrates war ein riesiger Mann, ganz hässlich, mit einem Gesicht voller Pickel, aber mit ganz milde leuchtenden braunen Augen und einer tiefen, sanften Stimme.

„Sokrates, ich bin Apotheker und kann dir dabei helfen, deinen Tod vorzutäuschen. Ich braue für dich ein Getränk, das alle Funktionen deines Körpers stilllegt. Alle werden glauben, du wärst tot. Dabei wachst du nach zwölf Stunden auf und kannst in ein anderes Land abhauen.“

„Wirklich?“, antwortete Sokrates. „Ich möchte gerne nach Rom, die Griechen gehen mir auf die Nerven.“

In den nächsten Stunden arbeiteten Sokrates und Parmentier an ihrem Plan, Sokrates’ Tod zu inszenieren.

Nachdem Sokrates das Gebräu von Parmentier getrunken hatte, sollte Parmentier einen Arzt alarmieren, der den Tod des großen Philosophen feststellen würde. In der Zeit sollte Gertrude zu Sokrates’ Freunden Platon und Xenophon laufen und sie um ihre

Hilfe bitten. Sie sollten mit zwei Särgen antreten. Einer, mit Steinen beladen, sollte unter großer Trauer begraben werden, der andere mit dem schlafenden Sokrates sollte mit dem Schiff nach Rom transportiert werden.

„Aber Herr Sokrates“, sagte Gertrude, „können Sie uns das Rezept geben, bevor Sie sterben?“

„Bevor er in einen tiefen Schlaf fällt“, korrigierte Parmentier.

„Mein Kind, ich möchte euch sehr gerne helfen, besonders nach dem, was dein Vater für mich macht, aber ich habe keine Ahnung, wie man Moussaka zubereitet!“

Gertrude war enttäuscht und legte eine beleidigte Miene auf.

„Nach allem, was wir für ihn machen, könnte er sich schon anstrengen!“, dachte sie.

Parmentier konnte seine Enttäuschung besser verbergen und war außerdem gespannt, sein Experiment durchzuführen. Schließlich war er gerade dabei, den größten Philosophen der Antike zu retten!

„Gertrude, lauf zu Platon und bring ihn so schnell wie möglich her!“

Parmentiers Plan verlief ohne Schwierigkeiten. Der Arzt konnte keinen Puls mehr messen, Sokrates war ganz blass und atmete nicht mehr.

Sein Leichnam wurde von den zwei weinenden Freunden Platon und Xenophon wegtransportiert und bald gegen schwere Steine umgetauscht.

Bevor beide mit ihrer geheimen Fracht verschwanden, hatte Gertrude noch gefragt:

„Und habt ihr vielleicht das Rezept von Mouskaka, ähm … Moussaka?"

„Leider nein, aber es gibt ein paar Köche, die sogar Bücher über die griechische Gastronomie geschrieben haben, natürlich nicht die Spartaner, die nur Brei und Oliven gegessen haben, aber andere aus Sizilien oder so.

Schau mal nach einem Buch von Mitechos oder Archestrate!", sagte Platon, bevor er und Xenophon mit dem Sarg verschwanden.

Sokrates durfte seine Reise nach Rom ohne Probleme antreten. Parmentier hätte gerne gewusst, was der Meisterphilosoph auf dem lateinischen Kontinent später gemacht hat, aber das ist eine andere Geschichte …

„Und was ist jetzt mit Mouskaka?"

Gertrude stand an Parmentiers Bett und sagte verärgert:

„Papa, du schläfst und hast das Rezept noch immer nicht!"

Parmentier erwachte mit einem Ruck. Er hatte doch was geträumt …

Später blätterte er in seiner umfangreichen Bibliothek auf der Suche nach alten Meisterköchen, deren Namen ihm Platon in der Nacht zugeflüstert hatte.

„Mhm, Mitechos oder Archestrate … Wer hat die besten Moussaka-Rezepte?"

Später am Hof von Ludwig XVI. wurde ein prunkvoller Empfang für den reisenden Händler Mikolos Moustakiki gegeben. Am Schluss gab es ein Festessen, bei dem eine Speise nicht fehlen durfte: Moussaka nach Parmentier-Art ...
Parmentier verriet nie, ob er wirklich das Geheimrezept in einem alten Kochbuch gefunden oder ob er einfach ein neues Rezept selbst erfunden hatte.
Auf jeden Fall bleibt es uns seit dieser Zeit so überliefert:

Moussaka:

1. Die Auberginen waschen, klein schneiden und mit Öl, Salzund Pfeffer auf dem Blech vermengen. Anschließend für 20 Minuten in den Backofen schieben, bis das Gemüse weich ist.

2. In der Zwischenzeit die Zwiebeln und den Knoblauch schälen, fein würfeln und in einer großen, tiefen Pfanne in Olivenöl anschwitzen. Das Faschierte dazugeben und krümelig anbraten. Die Tomaten zum Fleisch geben und das Ganze 10 Minuten leicht köcheln lassen, dann mit Salz, Pfeffer, Oregano und Zimt abschmecken.

3. Nun die Auberginen unter das Fleisch mischen und alles in eine Auflaufform füllen. Den Ricotta zusammen mit dem Schafkäse und den Eiern mit dem Stabmixer pürieren, mit Salz und Pfeffer würzen und über das Fleisch verteilen. Die Moussaka in den Ofen schieben und 20 Minuten überbacken.

Kapitel VI

Loulou
oder wie ein Hund zu Parmentier kam

Der erste Schritt aus dem Bett war furchtbar. Wie immer in der Früh fühlte sich Parmentier sehr steif und unbeweglich. Erst nach einem Kaffee und einem Spaziergang zu seinem Kräutergarten kam er wieder auf Trab. Gertrude war schon auf und erledigte ihre Morgengymnastik: Purzelbäume nach vorne und hinten, Rad schlagen, Handstand und gegen imaginäre Feinde Schattenboxen.

„Gut geschlafen?", fragte sie mit dem Kopf nach unten.

„Wie immer", antwortete Parmentier, mürrisch. Vor dem Kaffee war er kaum ansprechbar.

Aber Gertrude war unerschrocken. „In der Nacht habe ich Hundegebell gehört, sehr spät!"

„Ja, die Nonnen beklagen sich seit etlicher Zeit, dass Straßenköter in ihrem Müll randalieren. Es dürfte auch letzte Nacht passiert sein. Sie müssen unbedingt den Zaun reparieren lassen."

„Die Nonnen sind blöd!" Gertrudes beliebtester Spruch, wie immer.

„Du solltest nicht immer über die Nonnen schimpfen. Sie sind nämlich die, die unser Essen kochen und unser Haus putzen."

„Tolle Leistung!" Gertrude war wieder aufrecht mit rotem Kopf und wirren roten Locken.

„Ich hasse, was sie kochen, du kochst tausendmal besser. Und sie putzen auch nicht gut. Ich habe sogar beobachtet, wie Schwester Inkarnation einmal den Staub unter den Teppich gekehrt hat."

Parmentier murmelte etwas Unverständliches. Er hatte endlich seinen Kaffee und sehnte sich nach einem ruhigen Moment mit seiner Zeitung „La Gazette de Paris".

„Geh mal zum Müllplatz und schau, was die Hunde angerichtet haben!", sagte er und ließ sich mit einem tiefen Seufzer in seinen Armstuhl fallen.

Gertrude sprang auf ihre Füße und war im Nu draußen. Sie knallte die Tür zu und rannte fröhlich pfeifend die Treppe hinunter. Sie traf auf Schwester Inflammata, die ihr mahnend zurief:

„Gut erzogene Mädchen pfeifen nicht!", mit einem vernichtenden Blick.

„Bin ich auch nicht!", antwortete Gertrude frech.

Sie war schon im Garten und rannte weiter bis zum Müllplatz.

Nach einer Stunde, als Gertrude immer noch nicht zurückgekehrt war, fing Parmentier an, sich Sorgen zu machen. „Ist ihr was passiert? Hat sie sich am Müllplatz verletzt? Oder ist sie von einer Nonne geschnappt und in eine Putzkammer eingesperrt worden?", dachte er. Es war schon ein paar Mal passiert, trotz seines strengen Verbotes, Parmentiers Adoptivtochter zu bestrafen. „Aber die Nonnen können es nicht lassen, Gott auf Erden zu spielen", dachte Parmentier und ging zur Putzkammer. Gertrude war nicht da.

Aber? Parmentier öffnete seine Augen ganz weit, um in der Dunkelheit zu sehen. Es war etwas da. Er glaubte, einen winzigen weißen Fleck in einer Ecke zu erspähen. Und es stank fürchterlich nach Fisch. Die kleine weiße Gestalt fing sich leicht zu bewegen und zu winseln an. In dem Moment kam Gertrude mit einem Futternapf zurück.

„Oh, du bist es! Ich hatte Angst, die Nonnen hätten ihn entdeckt."

„Um Gottes Willen, was ist das für ein Tier?"

„Ein winziger, süßer Hund, Papa! Er war in eine Mülltonne gefallen und konnte nicht wieder raus. Schau, wie süß!"

Parmentier, dessen Augen sich an die Dunkelheit gewöhnt hatten, entdeckte jetzt einen kleinen Hund mit Schlappohren und verdrecktem Fell. Er war sicherlich einmal weiß gewesen, aber jetzt tendierte seine Farbe eher zu grau-gelb.

„Und er stinkt nach Fisch", schrie er entsetzt.

„Sicher! Gestern war Freitag, es waren sicher Fischreste in der Mülltonne. Damit hat er sich parfümiert, nicht wahr, Kleiner?", antwortete Gertrude.

„Und was machen wir jetzt mit ihm?"

„Baden!", sagte Gertrude trocken.

Parmentier ließ sich überreden, dass man dieses kleine Geschöpf nicht der Rache der Nonnen überlassen konnte. Sie waren nämlich sehr zornig wegen der ständigen nächtlichen Besuche der Straßenhunde in ihrem Müll. Aber die größten und sicher schlimmsten Hunde waren lange fort und nur der Kleinste wäre da ausgeliefert.

Und er fühlte sich schnell bei Parmentier heimisch. Nachdem er gründlich gebadet und gebürstet worden war, nahm er eine Mahlzeit aus Kartoffelbrei mit Hackfleisch zu sich, die seitdem als „Hachis Parmentier" für die nächsten Generationen überliefert ist. Und er schlief sofort ins Gertrudes Bett.

Parmentier, besiegt, wollte sich nicht in die Erziehung dieses Tiers einmischen. Gertrude hatte ihm mit all ihrer Überredungskunst das Versprechen abgerungen, dass er so lang wie nötig bei ihnen bleiben durfte. Parmentier ahnte schon, dass die Notwendigkeit in eine Ewigkeit übergehen könnte ...

„Wie soll er heißen?", fragte Gertrude später.

„Na, ich weiß nicht, wie Hunde immer heißen: Max oder Bello oder Struppi?"

„Mhm", sagte Gertrude, nicht überzeugt. „Ich hatte da an andere, schönere Namen gedacht. Weißt du, er ist fast wie ein Mensch, er versteht alles. Und er kann auch Kunststücke, wir üben schon zusammen. Willst du die sehen?"

Parmentier ließ sich widerwillig auf einem Stuhl nieder und wohnte als einziger Zuschauer dem Zirkus bei, bei dem Gertrude und ihr Hund sich bemühten, alle Register zu ziehen.

Am Schluss ließ Gertrude den Hund in Parmentiers Hut verschwinden und unter ihrem Kleid wiederauftauchen.

Beide machten eine Verbeugung und Parmentier klatschte.

„Wie heißt er jetzt?", fragte Gertrude. Und gab sofort selbst die Antwort: „Ich hatte an Leonidas, Christopher oder Ludwig gedacht."

„Ludwig? Aber das ist der Name des Königs! Seit Jahrhunderten heißen alle französischen Könige LUDWIG! Ludwig I., Ludwig II., Ludwig III. ... Wir haben jetzt schon Ludwig XVI. Das kannst du nicht machen, das ist ein Verbrechen. Es ist Majestätsbeleidigung!"

Gertrude blieb einen Moment stumm, was bei ihr nicht so oft vorkam.

„Aber gerade Ludwig gefällt mir am besten. Sagen wir, wir nennen ihn LOUIE, das schreibt man anders als den König. Und wenn ich ihn rufe, sag ich einfach Loulou. Dann ist niemand beleidigt. „Nicht wahr, Loulou?"

Der kleine Hund kam fröhlich zu ihr, seine schwarzen Knopfaugen leuchteten und seine kleine Hundeschnauze berührte Gertrudes Hand. Eine feuchte Zunge küsste sie.

„Siehst du, er ist einverstanden!"

Dass ihm aber gerade sein Kosename am Hof des Königs zum Verhängnis werden sollte, das hatten weder Gertrude noch Parmentier bedacht ...

Parmentier war ein willkommener Gast am Hof Ludwig XVI. Der König schätzte seine Intelligenz und auch seine reservierte Art sehr. Beide Männer waren schweigsam und in sich gekehrt. Der König mochte den ganzen Prunk am Hof nicht und zog sich lie-

ber in seine Werkstatt zurück, so oft er konnte, um an komplizierten Schlössern zu arbeiten, so wie Parmentier sich in seine Bibliothek oder in sein Labor zurückzog.
An diesem Tag hatte Parmentier wieder eine Einladung beim König, um eine neue Kartoffel aus seiner Sammlung zu präsentieren. Er wollte diese Sorte nach der Königin „Antoinette" nennen und feierlich im Garten vom „Petit Trianon" einpflanzen. Dort hatte Marie Antoinette einen Musterbauernhof mit allen möglichen Nutztieren und einen großen schönen Garten errichten lassen.
Gertrude und Louie waren auch mit von der Partie. Parmentier war ein bisschen mulmig zumute, da weder Gertrude noch Louie das gute Benehmen vorweisen konnten, welches am Hof nötig war. Man sollte sich dort nach der sogenannten „Etikette" bewegen, deren Regeln zum Beispiel vorschrieben, wie man dem König begegnen durfte: Wieviel Abstand man halten und wie tief man sich verbeugen sollte, den Hut in der Hand, was man mit seinem Stock machen sollte und so weiter. Es war sogar nach Adelstitel und Geschlecht genau festgelegt, wie tief die Verbeugung sein sollte. Parmentier war schon Experte dafür und übte mit Gertrude die wichtigsten Bewegungen. Sie konnte danach nicht aufhören, ihren Knicks überall zur Schau zu stellen, sogar vor den Nonnen. Schwester Immaculata hatte darauf vor Schreck ihre Suppenschüssel im Gang fallen lassen. Loulou hatte die Suppe mit Begeisterung aufgeschleckt. Es war eine Bohnen-

suppe mit Speckwürfeln und er hatte die Speckstücke fein aussortiert und gefressen. Nur die Bohnen lagen auf dem Boden, als die Nonnen mit Besen und Lappen zurückkamen.

Gertrude hatte auch mit Louie trainiert, damit er einen präsentablen Eindruck am Hof machen konnte.

„Siehst du, er kann Pfote geben! Vielleicht darf er mit dem Hund der Königin spielen?"

Parmentier hatte erzählt, dass Marie Antoinette Hunde sehr gerne hatte und ihr liebster Hund ein Mops namens Babs war.

„Nicht viel größer als Loulou, aber bulliger mit kürzeren Beinen und einer Plattnase", hatte Parmentier sein Aussehen geschildert.

„Du bist viel schöner als der ‚first dog' ", flüsterte Gertrude in Loulous Ohr, als sie in der Kutsche Richtung Petit Trianon fuhren.

„Pass auf, dass die Königin das nicht hört!", sagte Parmentier mit einem Lächeln.

Gertrudes Knicks war perfekt und Louie gab sich alle Mühe, zivilisiert zu wirken.

Er folgte Gertrude auf Schritt und Tritt, ohne nur einen Blick auf die einladenden königlichen Mülltonnen zu werfen, die vormals sein Zuhause gewesen waren. Parmentier war erleichtert.

Auf der Allee, die zum Gemüsegarten führte, redete Gertrude mit Parmentier, als sie plötzlich erschrak.

„Loulou ist verschwunden!"

„Er wird schon wiederkommen, hier ist alles sehr übersichtlich und außerdem von hohen Mauern eingezäunt“, beruhigte Parmentier.

„Nein, ich will ihn sofort suchen, es ist ihm vielleicht was passiert. Loulou, mein kleiner Loulou, wo bist du?“ Und Gertrude rannte zurück, der Saum ihres schönen langen Rockes geriet in die frischen Pferdeäpfel, vom Kutschpferd großzügig gespendet, als sie ohne Rücksicht durch das Gelände marschierte. „Na, es ist mindestens bis jetzt gut gelaufen“, dachte Parmentier und untersuchte den Platz für die Pflanzung. Der König und die Königin waren schon im Anmarsch und der König lächelte leicht, als er Parmentier erblickte.

„Sei gegrüßt, Antoine!“

„Eure Majestät“, grüßte Parmentier mit einer Verbeugung zurück.

Dann hörten sie Gertrude in der Ferne verzweifelt schreien: „Loulou, Loulou, wo bist du?“, und der König reagierte sichtlich nervös.

„Was soll das, wer schreit denn so?“ Parmentier wäre gerne eine Kartoffel geworden, tief in der frischen Erde begraben, weit weg vom königlichen Zorn. „Es ist meine Tochter Gertrude, sie sucht unseren Hund“, antwortete Parmentier mit rotem Kopf. Da lachte Marie Antoinette lauthals. „Wie lustig, er hat den gleichen Kosenamen wie mein Mann, stimmts, Liebling?“ Sie wandte sich zu Parmentier und sagte: „Er mag nicht, wenn ich ihn so vor anderen nenne, aber es ist mir rausgerutscht. Ich bin jetzt stumm wie ein Karpfen.“ Ludwig murmelte etwas Unverständliches und Parmentier wunderte sich innerlich über seine schnelle Verwandlung von Kartoffel zu Karpfen. Er versuchte, den König abzulenken, indem er die Vorzüge von „Antoinette“ pries und den König zum ersten Spatenstich einlud. Gertrude kam zu ihnen, ganz außer Atem. „Er ist nirgendwo, ich habe überall gesucht.“

„Mein Kind, wie schaut dein Hund denn aus?“, fragte die Königin.

„Er ist klein, weiß, mit Schlappohren, einem Ringelschwanz und einer entzückenden Hundeschnauze“, antwortete Gertrude.

„Mhm, vielleicht ist es dein Hund, der meine Babs heute besucht hat. Komm mit mir, wir gehen nachschauen. Die Männer können die Kartoffeln allein betreuen.“ Gertrude und die Königin gingen zurück, Parmentier und der König blieben am Feld, erleichtert, dass sie sich nicht um Kind und Hund kümmern mussten.

Auf dem Bauernhof angekommen, sah Gertrude ein paar kläffende große Jagdhunde in einem Zwinger, die ihr sehr aggressiv schienen.

„Keine Sorge“, sagte Marie Antoinette, „sie werden nur für die Jagd herausgelassen. Meine Lieblingshunde sind klein und süß, besonders Babs, du wirst sehen. Hier sind wir schon“, und öffnete die Tür.

Ein gemütliches kleines Häuschen. Es war alles so eingerichtet, wie sich eine Königin ein Bauernhaus vorstellen kann: Überall frisch geputztes Kupfergeschirr, das nie benutzt wurde, Blumen, Möbel aus Edelholz, im Kamin ein Feuer, und es war alles sooo sauber. Gertrude, die schon einige echte Bauernhäuser von innen gesehen hatte, hörte nicht auf zu staunen.

„Wer wohnt hier?", fragte sie. „Ach niemand. Ich bin nur ab und zu da, wenn ich Bäuerin spielen will. Ich langweile mich am Hof, hier ist es viel lustiger", antwortete die Königin. Im Salon auf einem goldenen Kissen thronte ein Hund. Eigentlich zwei Hunde: Einer davon sprang auf und kam mit Freude zu Gertrude. „Da warst du, du Schlimmer!" Zur Königin sagte sie: „Ja, das ist er, der Loulou, mein Loulou."

Aber die Königin war beschäftigt mit ihrem Mops. Babs hatte auch keine königliche Würde und kam zu ihrer Herrin angewatschelt.

„Sie scheinen sich sehr gut zu verstehen, die zwei! Ihr solltet öfter kommen, wenn wir auf dem Landgut sind."

So trat Loulou, der kleine Streuner, erhobenen Hauptes in Parmentiers und Gertrudes Leben, weg von der Straße und ihren Gefahren. Von nun an lebte er mit liebenden Menschen und sogar mit einem königlichen Freund.

Kapitel VII

Die Verwandlung oder wie Parmentier eines Tages zu einer Kartoffel wurde

Als Parmentier eines Morgens aus unruhigen Träumen erwachte, packte ihn ein seltsames Gefühl.
Sein Zimmer hatte sich nicht verändert: das Kreuz aus einfachem Holz an der Wand, die verblichene Tapete – mit dem seltsamen Muster – waren es Blumen? Oder eher Tiere?
Aber etwas fühlte sich anders an.
Parmentier dachte nach, versuchte sich zu bewegen und plötzlich hatte er es! ER selbst hatte sich verändert!
Er hatte winzige Arme, Mini-Beine und einen riesigen Kopf, er war … eine KARTOFFEL!
Weil er zu kleine Arme hatte, konnte er sich nicht zwicken, also kniff er die Augen zu (als Kartoffel hatte er viele kleine schwarze Augen), aber das half nicht. Er war und blieb eine riesige Kartoffel mit Knollennase, Stumpfarmen und -beinen, Knollen-Fingerchen und winzig kleinen Knollen-Zehen. Damit konnte er sich nicht wirklich bewegen, also blieb er im Bett.
Als Kartoffel hatte er nicht dasselbe Zeitgefühl wie ein Mensch und dachte: „Wann kommt endlich der Regen oder ein Regenwurm oder die Ernte …" Die Ernte? Er war nicht mehr in der Erde, also war er schon „geerntet".
Bevor er sich zu viele „Gemüsegedanken" machen konnte, bemerkte er ungewöhnlichen Lärm im Flur. Die Tür sprang auf und Schwester Maria Inflammata kam mit einem Tablett herein. Ihr echter Schwesternname war Maria Innocenta, aber durch ihren explosiven Charakter hatte sie sich diesen Namen verdient.

Sie brachte Parmentier wie jeden Tag sein Frühstück: Kartoffelbrot mit Ei und Marmelade und schwarzen Kaffee. Als sie diese unförmige Monstergestalt im Bett von Parmentier entdeckte, ließ sie das Tablett fallen und verschwand mit einem Schrei. Bald war das kleine Zimmer voll mit Nonnen, die aufgeregt gackerten und wie aufgescheuchte Hühner hin und her liefen.

Sie erkannten bald, dass dieses wundersame Gemüse im Bett nur Parmentier selbst sein konnte, und wunderten sich, wie so was hatte passieren können. Es war viel von Teufel und Teufelsaustreibung die Rede – den Nonnen fiel sonst nichts ein. Fast hätten sie die Inquisition geholt, als zum Glück Parmentiers Tochter Gertrude selbst einschritt.

„Lassen Sie ihn in Ruhe eine Kartoffel sein, wenn er will! Er hat schon viele Studienreisen in die weite Welt gemacht, er ist jetzt im Reich der Gemüse! Ich bin sicher, es wird ihm bald nicht mehr so gut gefallen, und dann kommt er von allein zurück."

Mit der Autorität ihrer zwölf Jahre jagte das aufmüpfige Mädchen die Nonnen hinaus und kam zu Parmentiers neuer Gestalt zurück.

„Man kann sagen, was man will, mit dir ist es nie langweilig! Was hast du dir jetzt ausgedacht?"

Aber Gertrude war nicht so sicher, dass die Geschichte so gut ausgehen würde, wie sie es vorgegeben hatte.

Was wäre, wenn ihr Papa für lange oder vielleicht für immer in dieser Gestalt bliebe?

Was kann man mit einem Kartoffelvater machen? Sie spürte eine Mischung aus Angst und Groll: Wieso beschäftigte sich Parmentier seit Jahren so viel mit Kartoffeln? Das hatte ja so kommen müssen!

In Gedanken verloren warf sie einen Blick auf das Buch, das noch auf dem Nachttisch lag, zusammen mit der Brille von Parmentier. Gertrude dachte kurz daran, die Brille auf die Kartoffel zu stülpen, wusste aber nicht, ob es helfen würde, und auch nicht, auf welche der vielen Kartoffelaugen sie zu setzen wäre ...

„Mhm", dachte Gertrude laut, „nach der Lektüre dieses Buches hast du dich in eine Kartoffel verwandelt. Man könnte das nutzen, um diesem Spuk ein Ende zu bereiten ..."

Parmentier war inzwischen in seinem gemütlichen „Gemüsezustand" ganz zufrieden, Gertrude in seiner Nähe zu spüren, hatte aber keine Ahnung, wie sie ihm hätte helfen sollen. Er sah ganz interessiert zu, wie sie aus dem Buch „Jenseits des Kartoffelbreis" las.

Gertrude dachte weiter nach und kam zum Schluss: Nur ihre Oma wusste, wie man Parmentier helfen konnte!

Sie hatte den Ruf, eine alte Hexe zu sein, und vielleicht steckte sogar mehr dahinter. Ihre Oma erzählte für ihr Leben gern Geschichten über Verwandlungen und wie man sie rückgängig machen konnte. Gertrude hatte oft damit gespielt, allerdings ohne großen Erfolg. Das schönste Ergebnis war eine Kaulquappe gewesen, die über Nacht ein Frosch geworden war. „Das", so hatte die Oma erklärt, „hat aber die Natur gemacht und man kann das nicht rückgängig machen. Nur was die Magie gemacht hat, kann auch die Magie lösen."

Gertrude machte ein Eselsohr ins Buch, um die Seite, die Parmentier letzte Nacht gelesen hatte, zu markieren, schloss das Buch und stand auf.

„Papa, jetzt bleibst du, wo du bist, und ich gehe Hilfe suchen."

Ihr Ratschlag war natürlich überflüssig, weil Parmentier in seiner Kartoffelform sich nicht vom Fleck rühren konnte. Sie nahm die Schlüssel und verriegelte die Tür von außen, damit die Nonnen ihren Kartoffelpapa nicht stören konnten.

Sie verließ das Kloster durch die Hintertür und ging in Richtung Stadt.

Sie würde ihre Großmutter aufsuchen, die sicher eine Idee hatte, wie man aus dem Schlamassel herauskommen könnte.

Zu selben Zeit herrschte bei den Nonnen helle Aufregung. Schwester Inflammata hatte schon ein paar Mal durch das Schlüsselloch geguckt und berichtete, dass Parmentier immer noch ein Kartoffelmonster war. Mutter Oberin ging in Eile, um sich mit dem Beichtvater zu beraten, während die anderen Nonnen sich in der Küche versammelten.

„Kein Wort mehr darüber" war ihr letzter Befehl, bevor sie verschwand.

Woran sich natürlich niemand hielt ...

„Inflammata, wie hat er ausgeschaut?"

„Eine monströse Kartoffel mit ganz vielen bösen schwarzen Augen!“

„Das kann nur ein Werk des Teufels sein!“

„Ich habe immer gesagt, es kann nicht christlich sein, mit diesem Gemüse zu hantieren!“

„Jeder weiß, dass es giftig ist!“

„Wie gut, dass die Mutter Oberin ihm nicht erlaubt hat, dieses Höllenkraut in unseren Garten zu pflanzen!“

„Dann wächst dort nichts anderes mehr!“

„Und noch schlimmer, was wäre, wenn sie sich in der Nacht in kleine Monster verwandelt hätten und in unser Bett gekrochen wären!“

„Unter die Bettdecke ...“

Mit Schaudern und ein bisschen Lust malten sich die Nonnen aus, wie eine Armee von Kartoffelzwergen sich langsam in der Nacht auf den Weg vom Garten bis zu ihren Zellen machte.

In diesem Moment erschien die Mutter Oberin im Türrahmen und warf einen strengen Blick auf die aufgeregte Gesellschaft.

„Beruhigt euch! Ich habe mit Pater Unser geredet, er schickt uns einen Teufelsaustreiber! Er dürfte noch heute Abend eintreffen."

Unter den Nonnen machte sich große Unruhe breit: Teufelsaustreiber hatten einen schlechten Ruf. Sie waren katholische Priester, die aber durch ihren Beruf dem Erbfeind manchmal sehr nahe kamen …

So ein echter Teufelsaustreiber war ganz schön aufregend, dachten die Nonnen. Aber niemand sprach darüber und alle gingen ihrer Aufgabe nach, unter dem strengen Blick der Oberin.

Sie selbst war gar nicht so erpicht, so einen in ihrem Hause zu haben: Wer weiß, ob sich dieser Teufel austreiben lässt und wenn, wo wird er dann hingehen?

Gertrude rannte.

Durch die Straßen von Paris im siebten Bezirk. Sie hatte sich das Haus und die Straße ihrer Großmutter gut eingeprägt, aber sie hatte sie immer nur mit Parmentier oder mit einer Nonne besucht, meistens per Kutsche. Jetzt rannte sie aber den Boulevard des Invalides hinunter, bog in die Rue de Babylone, ohne links und rechts zu schauen. Einige Passanten schauten verblüfft, manche vermuteten fast, dass das Mädchen davonlief, und versuchten, sie zu halten. Aber Gertrude war wie Wildwasser mitten in Paris, ihre Mission gab ihr die Kraft weiterzulaufen, Hindernisse zu überwinden und auch Leute zu beschimpfen, wenn es notwendig war …

„Lass mich durch, du blöde Kuh!"
„Platz da, du bebrillte Schlange!"

Nachdem sie sich noch an einem erschrockenen Priester („Du krummer Rabe!") vorbeigeschlichen hatte, sah sie endlich den kleinen Platz, wo die Großmutter wohnte.
Fünf Minuten später saß sie im Salon der alten Frau und trank einen heißen Tee, während ihr Atem sich beruhigte.
Gertrude erzählte ihrer Oma die ganze Geschichte und bat sie um Rat.
„Sag mal, wieso glaubst du, hat sich dein Vater ausgerechnet in eine Kartoffel verwandelt?"
Gertrudes Oma war klein und krumm, aber ihr Gesicht war so beweglich und lebendig, dass sie ihre Zuhörer sofort faszinierte: blitzende braune Augen versteckt hinter einer runden Nickelbrille, verloren in einem Ozean von Falten, ein breiter Lachmund.

Gertrude hatte bei ihr gelebt, nachdem sie ihre beiden Eltern verloren hatte. Seit einigen Jahren konnte die alte Dame aber nicht mehr für das junge Mädchen sorgen und hatte es den Nonnen anvertraut – und später Parmentier.

Aber sie war immer für ihre Enkelin da, wenn sie gebraucht wurde.
Gertrude überlegte nicht lang.

„Es geschah, weil er sich derzeit ausschließlich mit Kartoffeln beschäftigt hat!"

„Mhm, man sollte ihn auf andere Gedanken bringen. Aber wie? Was habt ihr am liebsten zusammen gemacht?"

„Reisen in die Vergangenheit – der Besuch bei Diogenes war ganz spaßig! Oder sich über die Nonnen lustig machen: Wir haben sie mit Bart und Schnurrbart gezeichnet – überall Haare! Inflammata als Drache war auch nicht schlecht!
Eine Falle haben wir für die Oberin aufgestellt und uns kaputtgelacht, als sie einen vollen Kakaoeimer auf den Kopf gekriegt hat, als sie mein Zimmer inspizieren wollte ..."

„Wann wart ihr beide glücklich?"
Gertrudes Papa hatte ihr auch oft Geschichten erzählt, als sie klein war.

„Ich wollte immer dieselbe Geschichte hören, besonders ‚Die Schöne und das Biest'. Eines Tages war es Papa leid, immer das gleiche vorzulesen, und er hat einfach verkehrt herum gelesen, so in etwa:
‚Biest das und Schöne die Kleid Dichters des in Zeit die schreibt Märchen ...'

Es war so lustig, wir haben uns beide kaputtgelacht und lange gebraucht, um an diesem Abend einzuschlafen ..."

„Das wäre einen Versuch wert", sagte die Oma, während sie im Buch, das Gertrude gebracht hatte, blätterte.

Nach einer halben Stunde Beratung waren sie sich einig, was die Behandlung von Kartoffel-Parmentier betraf.

Gertrude stand auf und bedankte sich herzlich bei ihrer Oma. Sie hatte kaum Kräutertee getrunken, weil sie Kamille nicht mochte, und hatte jetzt eine Ausrede, um schnell zu verschwinden:

„Ich muss schnell zurück, bevor die Nonnen einen Teufelsaustreiber holen."

Großmutters Gesicht war plötzlich voller Sorgenfalten.

„Ja, beeil' dich, mein Kind, wer weiß, was sie mit der armen Kartoffel machen, wenn ihr Hokuspokus nicht klappt! Sie haben schon andere Menschen verbrannt! Und es wäre schlimm, wenn Parmentier als Bratkartoffel enden würde."

Sie sah Gertrudes erschrockenes Gesicht und fuhr fort:

„Aber keine Bange, du wirst das schaffen!"

Während Gertrude sich von ihrer Oma verabschiedete, war der Teufelsaustreiber gerade bei der Mutter Oberin angekommen und erkundigte sich über den Ernst der Lage. Man konnte das Subjekt aber nur durch das Schlüsselloch beobachten und der gute Mann war ein bisschen perplex: Normalerweise waren die vom Teufel Besessenen in ganz anderer Verfassung, sie schrien

und tobten, hatten Schaum vor dem Mund und rollten die Augen in alle möglichen Richtungen.
Nicht aber dieses Gemüse:
Parmentier lag da und schien vor sich hinzuschlummern, in Gedanken verloren ...

Was den Priester aber sehr irritierte, war diese perfekte Verwandlung: Es war kaum noch etwas von der menschlichen Gestalt übriggeblieben!
War es vielleicht ein schlechter Scherz? Er warf einen Blick auf die Oberin, die nicht zu spaßen schien, und dachte: „Zuerst Zeit gewinnen!"
„Wollen Sie vielleicht erst mit uns speisen, damit Sie vor dieser Aufgabe zu Kräften kommen können?", fragte die Oberin. Er willigte erleichtert ein und bald saß er, von allen Nonnen umrundet, im Klosterspeisesaal.

Gertrude erreichte endlich die Tür des Klosters und bekam einen Stich ins Herz: Die Kutsche vom falschen Apostel war schon da! Hoffentlich war er noch nicht bei Parmentier!
Um unbemerkt zu bleiben, schlich sie sich durch die Lieferantentür und erreichte bald den Flur von Parmentier, ohne jemandem begegnet zu sein. Da blieb sie plötzlich stehen.
Alle Nonnen waren zu diesem Zeitpunkt im Speisesaal versammelt, um den Teufelsaustreiber zu bewundern. Er erzählte über

seine Erfolge gegen die verschiedenen Formen von Satan und Beelzebub und je mehr Messwein er trank, desto gefährlicher wurden die Erscheinungen ...

„Und dann habe ich den Teufel an den Hörnern gepackt und zurück in seine Hölle geworfen ...“

Alle Nonnen hörten gebannt zu. Nur die Mutter Oberin schaute griesgrämig auf die Wanduhr. Und Inflammata war nicht dabei!

Gertrude erstarrte zur Salzsäule, als sie sie vor Parmentiers Tür sah. Hatte sie einen Befehl erhalten, ihn zu beobachten, oder war da nur ihre krankhafte Neugier am Werk? Zum Glück schaute Inflammata gerade durch das Schlüsselloch und bemerkte Gertrude nicht.

Nur jetzt: Wie könnte sie an dieser Gefahr vorbeikommen? Das Beste wäre, ein Ablenkungsmanöver zu versuchen. Gertrude holte aus Parmentiers Keller einen Sack festkochende Kartoffeln als Munition!

Dann eine Spielkanone, welche Parmentier für sie gebastelt hatte, als sie kleiner war, und die große Bälle schießen konnte. Gertrude begab sich in Stellung hinter einem Schrank und wartete auf eine günstige Gelegenheit. Inflammata war jetzt zum Fenster gegangen, um wie die anderen Nonnen zu lauschen, und als sie wieder kam, um Parmentier durch das Schlüsselloch zu kontrollieren, schoss Gertrude ganz gezielt eine Kartoffel auf die Nonne. „Piuuu“, sagte sie leise. Gertrude war durch viel Übung eine gute Schützin und traf mitten in den imposanten schwarzen

Hintern. Schwester Inflammata fuhr mit einem Schrei hoch und sah sich um. Als sie das Projektil erkannte, eine kleine krumme Kartoffel, flüchtete sie …

„Hilfe, der Teufel hat mich getroffen!"

Und war verschwunden. Gertrude kam aus ihrem Versteck heraus und schloss die Tür auf. Bald war sie bei Parmentier und begann mit der Rückverwandlungsaktion.

Sie schaute ihrem Vater in seine Kartoffelaugen und sprach eindringlich zu ihm: „Papa, willst du gerne so bleiben? Wenn ja, lasse ich dich in Ruhe, wenn nein, kann ich dir helfen, wieder ein Mensch zu werden. Du musst dich sehr auf meine Wörter konzentrieren und ihnen folgen."

Dann wartete sie auf ein Zeichen von Parmentier, das nicht kam, und entschied, dass das seine Zustimmung bedeutete. Er war bereit für die Rückverwandlung.

Zwischendurch schaute ein Nonnenkopf herein, fragte, ob das Fräulein Gertrude frühstücken wollte – es gab Kartoffelomelette – und bekam eine Antwort, die ich nicht wiedergeben will. Der Nonnenkopf verschwand alsbald.

Gertrude schloss die Tür, machte die Vorhänge zu und in der Dämmerung begann sie, einen eigenartigen Singsang zu rezitieren:

Abschmecken Meersalz und Muskatnuss geriebener frisch mit. Verarbeiten Püree flüssigen zu nicht aber cremigen einem zu Butter Stück guten einem und Milch.

Es ergab keinen Sinn und doch waren es diese Wörter, die Parmentier langsam zu bewegen schienen. Gertrude las mit großem Ernst das Rezept verkehrt herum und nach einer Weile schien sich bei der Kartoffel etwas zu regen: Sie bekam zwei deutliche große Augen, eine Knollennase, die der Parmentiernase verdammt ähnlich war, und einen riesigen Mund, der LACHTE!
Bald wurde die Gestalt eines Menschen immer klarer, der Kopf nahm Konturen an, einige Haare erschienen, Arme und Beine fingen an, wie Stümpfe aus dem Kartoffelkörper zu wachsen. Gertrude musste sich zurückhalten, um nicht zu lachen, so komisch war das Bild: Dieser Kartoffelmensch, der sich langsam immer deutlicher in Richtung Mensch zu verändern schien, war einfach unwiderstehlich. Aber sie hatte viel zu viel Angst, den Spruch zu unterbrechen, bevor ihr Papa wieder ganz hergestellt war, sodass sie brav ihr verkehrtes Rezept weiterlas.
Erwärmter Tasse einer mit kochen weich und schälen Kartoffel mehlige Kartoffelpüree das für.
Am Ende lag Parmentier in seiner menschlichen Gestalt im Bett und konnte nicht aufhören zu lachen. Gertrude schloss sich ihm an und beide kugelten sich richtig vor Lachen hin und her, bis sie ganz außer Atem waren.
Vater und Tochter saßen beide am Tisch, als Schwester Maria Inflammata mit dem Priester, der die Teufelsaustreibung durchführen sollte, ins Zimmer kam. Parmentier hatte seine Brille auf seiner Knollennase, schaute Schwester Inflammata durchboh-

rend über den Bügel an und fragte, wieso man ihn so lange auf das Frühstück hatte warten lassen.
In den nächsten Tagen war Schwester Inflammata so verwirrt, dass man drei Mal aus ihr den Teufel austreiben musste, was schließlich gelang.
Sie wurde dann aber für immer vom Dienst für Parmentiers Frühstück befreit, was beide sehr begrüßten.
Parmentier bedankte sich bei Gertrude und schwor, dass er sich in Zukunft nicht mehr nur mit Kartoffeln beschäftigen werde, sondern lieber ein bisschen Spaß und Unsinn mit seiner Tochter teilen würde.
Aber was war ihm von seiner Reise ins Reich der Gemüse geblieben?

Jacqueline Fedy

Die Autorin wurde 1953 in Frankreich geboren und arbeitete als Ärztin. Nun genießt sie ihren Ruhestand im Burgenland am Friedrichshof, wo sie bereits seit 35 Jahren mit ihren Pferden und Hunden lebt. Ihr erstes Buch ‚Marielle oder Rückkehr zu den Wurzeln", eine Autofiktion, ist 2020 auf Deutsch erschienen. Jetzt hat die Oma von fünf Enkelkindern endlich ein Kinderbuch geschrieben.

Régis Noël

Der bildende Künstler wurde 1957 in Frankreich geboren und lebt seit 1988 in Deutschland.
Seit 2000 arbeitet er hauptberuflich als bildender Künstler, er wohnt und arbeitet im Künstlerviertel Güterhallen in Solingen.
Régis Noël hat sich einen Namen als Schnellzeichner und Porträtist gemacht.